28 janvier 1867 ~~Collection de Mr. Laÿwenstein~~

exemplaire de Beurdeley père

Janvier 1867

à conserver

15427. 28 2248960

6591

22018

Collection du grand duc de Bade acquise en bloc par Adolphe de Rothschild et revendue pour son compte

CATALOGUE

D'une importante Collection

DE

CRISTAUX DE ROCHE

TELS QUE

Vases, Coupes, Drageoirs,
de grandes dimensions et de travail italien du XVIe siècle ;
Précieux Monument du XIVe siècle
en émaux de basse taille et translucides sur argent ;
Bijoux du XVIe siècle et autres ;
Bonbonnières et Tabatières des époques Louis XV et Louis XVI, en or émaillé,
en or ciselé, enrichies de diamants, en cristal de roche, en porcelaine de Saxe et autres ;
Orfèvrerie ancienne ;
Belles Sculptures en bois et en ivoire des XVIe et XVIIe siècles ;
Objets variés.

PROVENANT EN PARTIE D'UNE MAISON PRINCIÈRE

D'ALLEMAGNE

ET DONT LA VENTE AURA LIEU

HOTEL DROUOT, SALLE N° 8

Les Lundi 28 et Mardi 29 Janvier 1867

A DEUX HEURES

Par le ministère de Me **CHARLES PILLET**, Commissaire-Priseur,
11, rue de Choiseul,

Assisté de M. **CHARLES MANNHEIM**, Expert, 10, rue de la Paix.

EXPOSITIONS

Particulière : Le Samedi 26 Janvier 1867
Publique : Le Dimanche 27 Janvier 1867

DE UNE HEURE A CINQ HEURES

CONDITIONS DE LA VENTE

Elle sera faite au comptant.

Les adjudicataires payeront *cinq pour cent* en sus des enchères.

L'exposition mettant le public à même de se rendre compte de l'état des objets, il ne sera admis aucune réclamation une fois l'adjudication prononcée.

Ce Catalogue se trouve :

A Paris, Chez MM.	Charles Pillet, Commissaire-Priseur, 11, rue de Choiseul.
—	Mannheim, Expert, 10, rue de la Paix.
A Londres,	Colnaghi, 14, Pall-Mall-East.
—	John Webb, 22, Cork-Street, Burlington-Garden.
—	H. Durlacher, 113, New-Bond street.
—	F. Davis, 101, New-Bond street.
—	Gambart, 120, Pall-Mall.
A Bruxelles,	Etienne Leroy, 12, place du Grand-Sablon.
A Rotterdam,	Lamme, conservateur du Musée.
A Amsterdam,	Boasberg, Warmœstraat.
A La Haye,	Van Gogh, marchand d'estampes.
A Berlin,	Fiocati, Unter den Linden, 21.
—	Lepke, Unter den Linden, 12.
A Vienne,	Artaria et Ce.
—	Maison Goupil, représentant M. Kaeser.
A Francfort-s.-Mein,	Lœwenstein frères, Zeil.
—	Goldschmidt, Zeil, hôtel de Russie.
A Saint-Pétersbourg,	Negri père et fils.

Paris. Imp. Pillet fils aîné, rue des Grands-Augustins, 5.

ORDRE DES VACATIONS

Le Lundi 28 Janvier 1867.

Bijoux	76 à 104
Tabatières et Bonbonnièrés	105 — 127
Sculptures	128 — 144
Objets variés	145 — 146

Le Mardi 29 Janvier 1867.

Matières précieuses	1 — 60
Orfèvrerie	61 — 76

DÉSIGNATION DES OBJETS

Matières précieuses

1 — Cristal de roche. — Très-grande coupe en forme d'animal fantastique dont la tête tient lieu de goulot et dont le corps se termine par cinq lobes unis. Elle repose sur un pied à balustre cannelé et sur un plateau lobé portant des insectes gravés. Cette pièce, parfaitement évidée d'épaisseur, est en outre très-remarquable par son volume, par la pureté de sa matière et l'élégance de sa forme. 9200

La tête et le pied sont rattachés par des viroles en argent doré.

Ouvrage milanais du XVIe siècle.

Long., 29 cent.; larg., 17 cent.
Profondeur de la coupe, 11 cent.; haut. totale, 28 cent.

2 — Cristal de roche. — Très-grande coupe en forme de poisson, évidée d'épaisseur et enrichie d'ornements gravés 8500

en creux. Elle est garnie de deux anses à enroulements et feuillages, placées dans le sens de la largeur ; elle repose sur un pied à balustre.

Comme celle qui précède, cette pièce est exceptionnelle par son volume et l'élégance de sa forme.

Ouvrage milanais du XVIe siècle.

Long., 33 cent.; larg., sans les anses, 13 cent.; haut. 17 cent.

3 — Cristal de roche. — Très-grande coupe contournée, évidée d'épaisseur, taillée à canaux creux, ornements et larges feuilles se recourbant sur les côtés vers l'intérieur. Un oiseau, en ronde bosse, les ailes ouvertes, est rapporté sur la partie postérieure de la coupe. Les anses, placées dans le sens de la largeur, sont formées d'enroulements et enrichies de perles réservées en relief. Le pied, composé d'un balustre à double nœud, est rattaché à la coupe par une virole en argent doré et émaillé.

Pièce exceptionnelle par ses dimensions, la beauté de la matière et la difficulté du travail.

Ouvrage milanais du XVIe siècle.

Long., 26 cent.; larg., sans les anses, 17 cent.; haut. 24 cent.

4 — Cristal de roche. — Très-grand vase à couvercle en forme de dragon ailé debout. La panse du vase est décorée d'un mascaron et de dragons gravés en relief. La tête, les ailes, la queue et les pieds, sont rapportés et montés en argent doré, émaillé à fleurons, enrichi d'émeraudes. Le couvercle et le pied du vase sont garnis d'une moulure

en vermeil gravée à dragons et rinceaux décorés en émaux translucides dans le style de la renaissance.

Pièce de grand style et de dimensions peu communes.

Ouvrage milanais du XVIe siècle.

Long., 30 cent.; larg., 17 cent.; haut., 39 cent.

5 — Cristal de roche. — Coupe à couvercle en forme d'autruche debout, les ailes ouvertes. Sa monture en argent doré est décorée de rinceaux et d'ornements en émaux translucides, et enrichie d'émeraudes.

Pièce de forme très-élégante.

Haut., 40 cent.

6 — Cristal de roche. — Coupe ovale, à couvercle en forme de cheval marin ailé. La panse est gravée à canaux creux et feuillages, et le pied est formé par une figurine de triton en argent doré et parties émaillées en couleurs. Monture en argent doré, gravé à ornements et chevaux marins décorés en émaux translucides et enrichis d'émeraudes et de rubis.

Long., 22 cent.; haut., 37 cent.

7 — Cristal de roche. — Corbeille de forme contournée décorée de coquilles et de feuillages en relief, et à deux anses découpées à jour et prises dans la masse. Ces dernières sont placées dans le sens de la longueur.

Pièce de forme et de dimensions exceptionnelles.

Long., 29 cent.; larg., 18 cent.; haut. 13 cent.

8 — Cristal de roche. — Coupe en forme de coquille allongée ; chaque lobe présente une branche de fleurs finement gravée en creux. Pied à balustre gravé à ornements. Monture en argent émaillé, décorée de fleurs et rinceaux noirs sur fond bleu turquoise.

Travail du XVIe siècle.

Long., 18 cent.; larg., 10 cent.; haut., 14 cent.

9 — Cristal de roche. — Coupe en forme de coquille taillée à lobes et gravée à fleurs. Pied à balustre avec monture en argent doré à fleurs réservées sur fond émaillé noir.

Travail du XVIe siècle.

Long., 15 cent.; larg., 13 cent.; haut., 14 cent.

10 — Cristal de roche. — Coupe en forme de coquille creuse et allongée. Elle offre à sa partie postérieure des ornements gravés en relief, ainsi qu'un petit poisson en ronde bosse rapporté. Le devant est décoré d'ornements gravés en creux et les anses placées sur les côtés sont formées d'enroulements.

Travail italien du XVIe siècle.

Long., 17 cent.

11 — Cristal de roche. — Coupe de forme allongée à lobes, finement gravée à fleurs, ornements et oiseaux. Elle repose sur un pied à balustre.

Travail milanais du XVIe siècle.

Long., 14 cent.; larg., 10 cent.; haut., 12 cent.

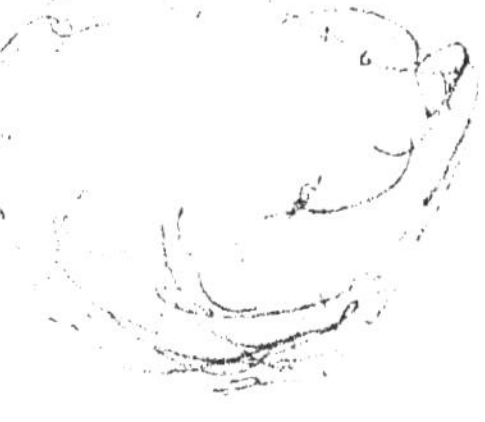

12 — Cristal de roche. — Coupe en forme de coquille portant une armoirie gravée en creux ainsi que les lettres E. M. Z. B. V. H. S. Son pied est formé par un dauphin debout.

Long., 16 cent.; larg., 14 cent.; haut., 19 cent.

13 — Cristal de roche. — Coupe couverte de forme allongée, taillée à godrons et ornements. Cette pièce, parfaitement évidée, offre deux ouvertures réservées à chacune de ses extrémités. Pied à balustre et bouton en forme de gland.

Long., 16 cent.; haut., 18 cent.

14 — Cristal de roche. — Coupe ronde en forme de calice avec couvercle surmonté d'un anneau, et enrichie d'ornements en creux. Piédouche à double nœud; monture en argent doré, émaillée à fleurs et fruits en couleurs avec chatons ornés de pierres précieuses.

Haut., 22 cent.; diam., 10 cent.

15 — Cristal de roche. — Verre à pied et à couvercle, gravé à ornements, canaux creux et écusson. Le bouton du couvercle est formé par un ananas en vermeil.

Haut., 23 cent.

16 — Cristal de roche. — Gobelet de forme cylindrique décoré au pourtour d'arabesques, d'oiseaux et d'insectes finement gravés en creux. Il est garni à sa base d'un pied en argent gravé et doré.

Travail italien du XVIᵉ siècle.

Haut., 15 cent.; diam., 8 cent.

17 — Cristal de roche. — Coupe en forme de coquille montée sur pied à balustre et gravée à ornements et feuillages. Monture en argent doré.

Haut., 15 cent.; larg., 11 cent.

18 — Cristal de roche. — Petite coupe de forme ovale allongée, taillée à lobes et gravée à feuillages.

Long., 12 cent.; haut., 45 millim.

19 — Cristal de roche. — Autre petite coupe de forme ovale à bords recourbés vers l'intérieur et gravés à insectes en creux.

Long., 11 cent.; haut., 45 millim.

20 — Cristal de roche. — Petite coupe ovale, gravée à arbustes et insectes en creux. Elle repose sur un pied à balustre, partie en cristal de roche et partie en argent doré et émaillé en couleurs.

Long., 11 cent.; haut., 12 cent.

21 — Cristal de roche. — Coupe de forme ovale, gravée à fleurs et fruits en creux, et montée sur pied à balustre.

Haut., 14 cent.

22 — Cristal de roche. — Plateau de forme contournée et à quatre lobes, gravé à arabesques en creux. Il est supporté par une figurine en argent doré, rehaussée de parties émaillées en couleurs. Son bord ainsi que sa base en cristal sont garnis en argent doré avec fleurs émaillées en

couleurs sur fond bleu turquoise, dans le style de Louis XIII.

Haut., 25 cent.; larg., 21 cent.

23 — Cristal de roche. — Gobelet de forme ovale gravé à ornements en creux et garni à sa partie supérieure de deux petites oreilles destinées à recevoir une anse.

Haut., 10 cent.

24 — Cristal de roche. — Aiguière dont la panse ovoïde est décorée de mascarons et d'ornements gravés en relief. Monture en argent doré et émaillé à serpents et dragons.

Haut., 21 cent.

25 — Cristal de roche. — Petite coupe de forme contournée décorée de coquilles gravées en relief et montée sur pied à balustre, garni de viroles en argent doré émaillé.

Haut., 10 cent.; larg., 11 cent.

26 — Cristal de roche. — Bénitier en forme de coquille appliquée sur un fond présentant un écusson surmonté d'une couronne, entouré de rinceaux découpés à jour et offrant gravé en creux le sujet de l'Annonciation.

Haut. de la plaque, 26 cent.; larg., 20 cent.

27 — Cristal de roche. — Plateau de forme ronde et festonnée composé de neuf plaques finement gravées à orne-

ments en creux, et montées en argent doré et émaillé, avec chatons imitant les pierres précieuses.

Diam., 22 cent.

650

28 — Cristal de roche. — Plateau analogue à celui qui précède et pouvant lui servir de pendant.

Diam., 22 cent.

29 — Cristal de roche. — Plateau de forme octogone allongée, composé de neuf plaques, décoré de cariatides se terminant en rinceaux et d'arabesques finement gravés en creux. Il est monté en argent doré décoré d'ornements en émaux translucides et enrichi de deux anses à mascarons et de têtes de chérubins en relief et émaillées.

Long., 27 cent.; larg., 18 cent.

30 — Cristal de roche. — Petite coupe ovale supportée par un groupe de deux satyres en vermeil; le bord et le pied, en cristal, sont montés en argent doré et émaillé, présentant à l'intérieur des sujets de bacchanales finement peints en couleurs, et à l'extérieur des dragons et des cariatides sur fond blanc.

Haut., 13 cent.; long., 43 cent.

31 — Cristal de roche. — Cassolette en forme de lanterne ronde, composée de deux parties en cristal de roche gravé en creux à fleurs et insectes. Monture en argent doré et émaillé en couleurs. Cette pièce est surmontée d'un bouquet de fleurs émaillées, enrichi de perles fines.

Haut., 23 cent.

600

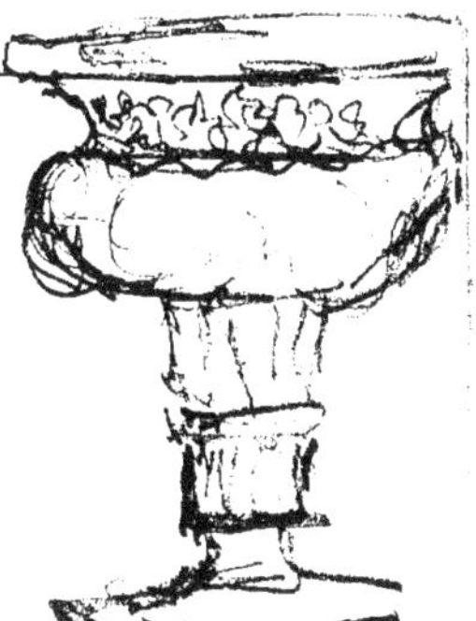

32 — Cristal de roche. — Flacon en forme de tonnelet, gravé en creux à ceps de vigne. Son bouchon et son support sont formés par des figures grotesques en argent doré et émaillé en couleurs.

Haut., 15 cent.; long., 9 cent.

33 — Cristal de roche. — Petite coupe ronde sur piédouche large en cristal de roche uni et monté en argent doré et émaillé.

Haut., 12 cent.

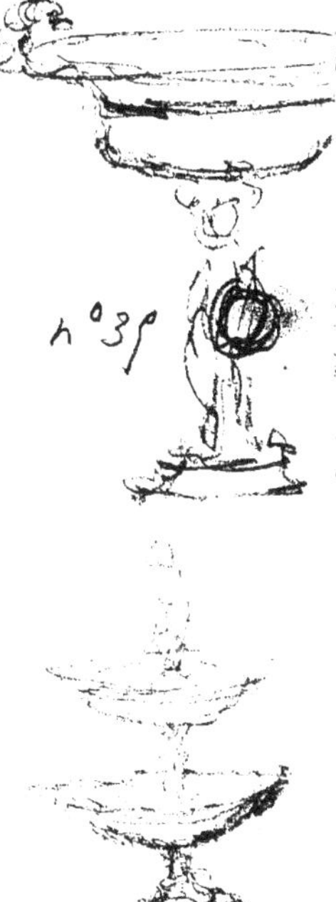

34 — Cristal de roche. — Verre en forme de calice à culot taillés à godrons et canaux creux et monté sur piédouche à balustre finement gravé à rinceaux en creux. Monture en argent doré et émaillé à fleurs de couleurs sur fond bleu turquoise.

Haut., 18 cent.

35 — Cristal de roche. — Petite coupe de forme ovale, supportée par une figurine de négrillon debout, en argent doré et émaillé en couleur.

Haut., 15 cent.

36 — Cristal de roche. — Deux coupes ovales superposées et montées en argent doré et émaillé, à figures peintes en grisaille sur fond rose.

Cette pièce est ornée à sa partie supérieure d'une figurine de guerrier debout.

Haut., 24 cent.

37 — Cristal de roche. — Deux flambeaux composés de pièces d'enfilage, dont les bobèches et les plateaux sont gravés en forme de feuilles. Ils sont enrichis d'un double rang de perles suspendues.

Haut., 22 cent.

38 — Cristal de roche. — Flambeau analogue à ceux qui précèdent, mais plus grand.

Haut., 25 cent.

39 — Cristal de roche. — Petite lampe de suspension en forme de navire, monté en argent doré, enrichi de figurines.

Haut., 17 cent.

40 — Cristal de roche. — Petite coupe de forme contournée, montée sur pied à balustre et garnie en argent doré et émaillé.

Haut., 10 cent.

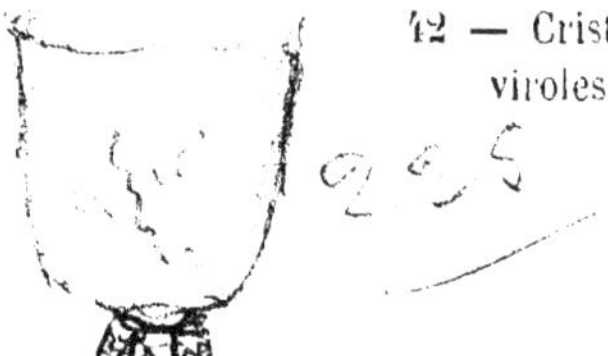

41 — Cristal de roche. — Deux très-petites coupes rondes dont les pieds sont formés de figurines d'enfants tritons, montés sur un dauphin en argent doré et émaillé.

Haut., 8 cent.

42 — Cristal de roche. — Petit verre à pied élevé, garni de viroles en argent doré et émaillé.

Haut., 13 cent.

43 — Cristal de roche. — Très-petit vase rond à couvercle, monté en argent doré et émaillé. Le bouton du couvercle est formé d'une figurine d'enfant assis.

Haut., 13 cent.

44 — Cristal de roche. — Cachet formé d'une tête de guerrier casqué.

Haut., 9 cent.

45 — Cristal de roche. — Très-petite corbeille, montée à gorge, piédouche et anse en argent doré et émaillé à fleurs en couleurs.

Diam., 65 millim.

46 — Cristal de roche. — Petite coupe ovale sur pied à balustre élevé, montée en argent doré et émaillé à arabesques. Le bouton du couvercle est formé par une figurine de Bacchus enfant, monté sur un tonneau.

Haut., 18 cent.

47 — Cristal de roche. — Gobelet à festons de fleurs et insectes gravés; monture en vermeil.

Haut., 125 millim.

48 — Cristal de roche. — Deux très-petites coupes rondes sur piédouches et gravées à feuillages.

Haut., 42 millim.

49 — Cristal de roche. — Boule unie pour lustre. Elle est

accompagnée d'un support en cristal de roche et argent doré.

Diam., 9 cent.

50 — Cristal de roche. — Autre boule unie pour lustre.

Diam., 7 cent.

51 — Cristal de roche enfumé. — Petit vase de forme droite irrégulière.

Haut., 7 cent.

52 — Cristal de roche. — Très-petite coupe ovale unie sur piédouche.

Haut., 45 millim.

53 — Cristal de roche. — Autre très-petite coupe ovale, dont le bord est taillé à quadrilles.

Haut., 55 millim.

54 — Cristal de roche. — Petit piédestal de forme carrée, reposant sur quatre petits pieds pris dans la masse.

Haut., 75 millim.

55 — Cristal de roche. — Petite colonne torse tronquée, sur base à double tore.

Haut., 135 millim.

56 — Cristal de roche. — Quantité de pièces diverses, des-

tinées à garnir des lustres, et fragments de coupes ou plateaux.

Ce lot sera divisé.

57 — Agate sorientale ardonisée. — Coffret de forme oblongue, monté et garni en or gravé à rinceaux et fleurons découpés à jour.

Travail précieux de l'Inde. Belle matière.

Haut., 17 cent.; long., 12 cent.; larg., 85 millim.

58 — Agate orientale mamelonnée. — Coffret de même forme; il est monté en argent repoussé à fleurs et oiseaux.

Travail de l'Inde.

Haut., 14 cent.; long., 15 cent.; larg., 11 cent.

59 — Jade gris verdâtre. — Coupe ronde à bords et anses composés de fleurs et d'arabesques gravées en relief, et découpés à jour, supportés par huit consoles garnies de onze anneaux mouvants, le tout pris dans la masse. L'extérieur de la coupe et le pied sont gravés à fleurs.

Pièce exceptionnelle par la difficulté du travail.

Haut., 7 cent.; larg. 28 cent.

60 — Jade vert. — Brûle-parfums de forme sphérique surbaissée, reposant sur trois pieds bas à têtes chimériques et à anses formées de têtes fantastiques prises dans la masse et découpées à jour. La panse et le couvercle sont décorés

d'ornements gravés en relief, et le bouton du couvercle est formé d'un dragon finement gravé et découpé à jour.

Travail chinois.

Haut., 14 cent.; diam., 15 cent.

Orfévrerie

61 — Polyptyque ou Autel portatif fermant à volets en argent doré et émaillé, en forme de monument gothique décoré de figurines et de clochetons, et surmonté d'une galerie découpée à jour.

Ce monument présente à l'intérieur, et placées sous des arceaux découpés en ogive, les figures de la Vierge assise et couronnée, allaitant son divin fils, ainsi que deux figures d'anges debout, tenant devant eux de petits reliquaires carrés. Le fond de cette partie est décorée de feuillages repoussés se détachant sur un fond pointillé.

Les volets, décorés en émaux de basse taille et translucides, présentent sur chacune de leurs faces et en trois registres superposés, des sujets tirés de la vie du Christ, des figures de saints personnages et des figures d'anges jouant de divers instruments sur fond bleu.

La base, de forme oblongue, est décorée de rosaces émaillées rouge et bleu, et elle offre sur sa face une partie vitrée destinée à recevoir des reliques.

La face postérieure est divisée en trois arceaux surmontés de rosaces découpées à jour et garnies de panneaux en argent repoussé à feuillages, analogues à la plaque formant fond du sujet intérieur.

Ce monument remarquable, précieux spécimen de l'orfèvrerie du XIVe siècle, se recommande par l'élégance de sa forme, le fini de son travail, la richesse de son ornementation et sa belle conservation. Il provient de la famille des Comtes Bathyany de Hongrie, et mérite sous tous les rapports de fixer l'attention des amateurs.

Haut., 25 cent.; long. du monument fermé, 19 cent.; long. ouvert, 41 cent.

62 — Petit vidrecome en argent ciselé et doré, décoré au pourtour de cariatides, de grotesques et de rinceaux en relief. Le couvercle offre une frise d'enfants tritons et de dragons. L'anse, formée d'une cariatide de femme, est surmontée d'une figurine d'enfant assis sur un tonneau.

Ouvrage allemand du XVIe siècle.

Haut., 12 cent.

63 — Vase à couvercle, en argent finement niellé à arabesques et monté sur un pied formé d'une figurine de bûcheron en argent finement ciselé et doré, enrichi de bandes d'ornements gravés.

Ouvrage allemand du XVIe siècle.

Haut., 30 cent.

64 — Vidrecome en verre incolore, monté et garni en argent

doré à ornements découpés à jour, et montants décorés de mascarons et de mufles de lion.

Travail allemand du XVIe siècle.

Haut., 18 cent.

65 — Gobelet en or massif repoussé, dont le pourtour offre un sujet de bataille. Cette pièce porte l'inscription suivante : *Zriny Mikolus Achilles Hungaricus patriam contra incursum barbarorum defendens immortali gloria occidit. VII sept. Anno.* MDLXVI.

Haut., 9 cent.

66 — Drageoir en forme de hibou debout sur un piédouche, à tête mobile ; le tout en argent repoussé, doré en partie.

Travail allemand du XVIe siècle.

Haut., 16 cent.

67 — Vidrecome de forme surbaissée et large, en argent repoussé et doré, reposant sur trois boules décorées de feuillages et de bustes. Il offre au pourtour des médaillons représentant des sujets de chasse au cerf et au sanglier. Le couvercle est décoré des figures de Vénus et Adonis, et l'anse est repoussée et gravée à fleurs et ornements.

Travail allemand du XVIe siècle.

Haut., 19 cent.

68 — Grand vidrecome en argent repoussé, doré en partie, décoré au pourtour d'une frise représentant des jeux d'enfants. Moulure et couvercle ornés de fleurs et feuillages.

Travail allemand du XVIIe siècle.

Haut., 21 cent.

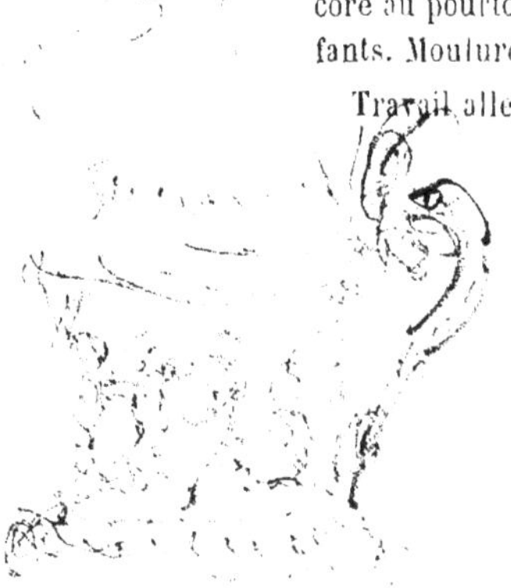

69 — Autre grand vidrecome en argent repoussé dont le couvercle et le pourtour offrent des sujets tirés de l'histoire romaine, et dont les moulures sont décorées d'ornements de style rocaille.

Travail allemand du XVIIIe siècle.

Haut., 25 cent.

70 — Vidrecome en argent repoussé dont le pourtour offre diverses scènes tirées de la mythologie.

Travail allemand du XVIIe siècle.

Haut., 18 cent

71 — Verre de forme cylindrique, très-élevé, gravé à rosaces et ornements, et monté sur piédouche en argent repoussé et doré à figures, mascarons et rinceaux, et reposant sur trois lions héraldiques debout.

Travail allemand du XVIIe siècle.

Haut., 63 cent.

72 — Coupe ronde en étain incrusté d'ornements en or et de pierreries, telles que rubis, émeraudes et turquoises. Elle porte à sa partie supérieure une longue inscription. Son couvercle est en argent doré.

Beau travail oriental.

Haut., 58 cent.; diam., 10 cent.

73 — Mesure de forme cylindrique en argent, portant diverses échelles de longueur gravées. Il est garni à ses extrémités d'ornements à moulures finement ciselées et dorées.

Une douille mobile, dorée, porte en allemand les noms des matières qui se rapportent aux échelles, telles que : l'or, l'argent, le cuivre, le plomb, etc.

Ouvrage allemand du XVIe siècle.

Long., 42 cent.

74 — Très-petit verre allemand gravé, garni à sa base d'ornements en filigrane d'argent.

Haut., 13 cent.

75 — Deux flacons en forme de gourde aplatie et cannelée en verre rubis. Leurs pieds et leurs goulots sont garnis en argent doré.

Haut., 18 cent.

Bijoux

76 — Collier en or émaillé, découpé à jour et enrichi de pierres et de perles fines.

Travail du XVIe siècle.

77 — Bijou pendentif représentant Moïse frappant le rocher ; ce sujet, exécuté en or repoussé et émaillé en couleurs, se détache sur le fond d'or enrichi de diamants ; il est placé dans un encadrement en or émaillé à ornements décou-

pés à jour, enrichi de diamants, de rubis et d'émeraudes, et garni à sa partie inférieure de trois perles fines.

Ouvrage dans le style des bijoux italiens de la Renaissance.

78 — Bijou pendentif en forme de dragon en or émaillé, garni à sa partie inférieure d'une sorte de cachet orné d'une émeraude.

Travail du XVIe siècle.

79 — Bijou pendentif formé d'un pélican en or émaillé et grenat, et garni d'une perle pendeloque.

Travail du XVIe siècle.

80 — Autre bijou pendentif; dragon en or émaillé dont le corps est formé par une perle baroque. Ce bijou est enrichi de trois perles fines.

Mêmes travail et époque.

81 — Bijou en forme d'aigle couronné, en or émaillé blanc et noir, et dont le corps est enrichi d'une perle baroque et d'un diamant.

Travail du XVIe siècle.

82 — Bijou pendentif, formé par un lion passant, en or émaillé, enrichi de perles fines.

Travail du XVIe siècle.

83 — Très-grand bijou composé d'enroulements, d'animaux fantastiques et de fleurons, en or émaillé en couleurs enrichi de diamants, de rubis et de perles fines Il présente au centre une figure de génie ailé portant la couronne impériale.

Travail dans le style des bijoux de la Renaissance.

84 — Enseigne de chapeau de forme ronde, en or repoussé et émaillé, représentant le sacrifice d'Abraham.

Travail du XVIe siècle.

85 — Médaillon ovale en or émaillé, composé d'ornements découpés à jour et dont le centre est occupé par le chiffre du Christ. Ce bijou est enrichi de pierres diverses et de perles fines.

Travail du XVIe siècle.

86 — Bijou en forme de barque montée par quatre personnages exécutés en pâte brune et en or émaillé; il est garni de ses chaînes de suspension en or et perles fines.

Travail italien du XVIe siècle.

87 — Figurine d'enfant assis jouant de la mandoline, exécutée en pâte brune et or émaillé.

Mêmes travail et époque.

88 — Épingle formée d'un groupe représentant saint Georges terrassant le dragon.

Travail du XVIe siècle.

89 — Epingle formée d'une figurine d'amour émaillée blanc, enrichie de roses et de rubis.

Même époque.

90 — Belle bague juive en or filigrané, émaillée en partie et surmontée d'un toit ouvrant.

Travail du XVIe siècle.

91 — Beau bijou indien en or incrusté de rubis et d'émeraudes et enrichi de quantité de perles fines formant pendeloques. Il se compose d'un poisson auquel sont suspendus deux autres poissons garnis de pendentifs.

92 — Épingle en forme d'oiseau en or émaillé, enrichie de rubis, de roses et de perles fines.

Travail persan.

93 — Charmante petite corbeille ovale en vermeil, enrichie au bord d'un rang de diamants et rubis. Elle repose sur un plateau en agate orientale monté sur quatre griffes de lion en vermeil, et le couvercle est surmonté par une poule dont les œufs sont simulés par des perles fines et dont le corps est formé par une perle baroque avec monture en or émaillé.

Travail du temps de Louis XIV.

94 — Très-petit volume renfermant : *les Psaumes de David, mis en rime françoise*, *à Sedan, par Jannon*, 1636. Reliure

en peau de chagrin avec fermoir et rosaces en or émaillé, enrichi de diamants.

95 — Charmante petite boîte de forme plate et contournée, dont le couvercle en or est décoré d'un oiseau et d'arbustes en émaux de couleurs. L'encadrement est formé par des ornements rocaille en or ciselé et rubis, d'oiseaux et de fleurs émaillés en couleurs. Le haut est garni d'un rang de rubis figurant une couronne, et le revers est émaillé vert à rosaces réservées en couleurs. L'intérieur est garni d'un miroir.

Travail français du temps de Louis XV.

96 — Petite boîte à deux compartiments et formant flacon, en agate veinée montée et garnie d'ornements en or repoussé dans le style de De Besches. Le bouchon du flacon est formé par un oiseau émaillé.

Époque Louis XV.

97 — Cachet formé d'un buste de nègre en onyx et enrichi de roses.

Époque Louis XV.

98 — Petit flacon en forme de vase, en or repoussé et émaillé à fleurs en relief. Le bouchon est formé par une colombe émaillée.

Époque Louis XV.

99 — Flacon formé de deux belles plaques en cornaline mon-

tées en or repoussé à fleurs, mascarons et animaux. Le bouchon est formé par un oiseau en cornaline.

Époque Louis XV.

100 — Souvenir du temps de Louis XVI en or émaillé en plein à médaillons de cavaliers et enrichi de cordons finement ciselés à feuillages en relief émaillés vert. Il porte la devise : *Souvenir d'amitié.*

101 — Flacon en or gravé, décoré de vases de fleurs émaillés en couleurs.

Époque Louis XVI.

102 — Cinq épingles de coiffure en or émaillé ; quatre d'entre elles sont en forme de couronnes et enrichies de perles fines et de diamants tables.

Travail du XVIIe siècle.

103 — Petite aiguière et son plateau de forme ovale, en argent émaillé en camaïeu rose à sujets de personnages ; l'anse de l'aiguière est formée par une cariatide de femme et un serpent.

104 — Couvert composé de quatre pièces et d'une petite boîte ovale, en or émaillé, décoré de figures et de bustes en camaïeu rose, et de groupes de fruits et d'ornements en couleurs.

Époque Louis XIV.

Tabatières et Bonbonnières

105 — Tabatière du temps de Louis XV, de forme contournée en or ciselé à ornements de style rocaille et à figures, et enrichie de brillants.

106 — Bonbonnière ronde, en or émaillé en plein ; le couvercle et le fond sont décorés de figures représentant la sainte Famille ; le pourtour offre des paysages avec figures et l'intérieur est décoré de paysages. Monture à gorge à charnière en or. Epoque Louis XIV.

107 — Boîte ovale en or guilloché et émaillé rouge, à cordons et pilastres ciselés à feuillages en relief, émaillés vert émeraude ; le couvercle est enrichi d'une peinture sur émail à figures. Époque Louis XVI.

108 — Tabatière ovale en or guilloché, émaillé vert émeraude, et à cordons et pilastres décorés de perles et d'oves émaillés à l'imitation d'opales. Le couvercle est orné d'une peinture sur émail à sujet de personnages. Époque Louis XVI.

109 — Boîte à deux tabacs, modèle baignoire, en or guilloché et à cordons et pilastres ciselés en relief, émaillés blanc et vert émeraude. Époque Louis XVI.

110 — Boîte de forme oblongue en or gravé à rosaces et émaillé rouge en plein, avec entre-deux réservés. La gorge porte le nom de : *George à Paris*. Époque Louis XV.

111 — Boîte ovale en or guilloché à mille raies et à bouquets de fleurs; ces dernières sont émaillées en couleurs sur fond gris. Cette boîte est enrichie de cordons et de pilastres finement ciselés à ornements. Époque Louis XVI.

112 — Bonbonnière ronde et plate en or guilloché émaillé violet ; elle est enrichie de cordons ciselés à feuillages émaillés vert émeraude et de points d'émail imitant l'opale. Le couvercle présente un médaillon ovale décoré d'une peinture sur émail. Époque Louis XVI.

113 — Boîte ronde et plate en or guilloché émaillé bleu de roi, enrichie de cordons émaillés à pois imitant l'opale. Le couvercle est orné d'une peinture sur émail représentant l'Amour enchaîné, avec entourage de demi-perles. Époque Louis XVI.

114 — Petite bonbonnière ronde en or guilloché émaillé jaune et cordons à feuillages en relief, émaillés vert émeraude, avec entre-deux d'émail rouge sur fond gravé à fleurs. Époque Louis XVI.

115 — Grande boîte carrée montée à cage et doublée en or. Elle est enrichie de panneaux à compartiments en or.

gravés à rinceaux et à fleurs sculptées en relief sur fond de nacre de perle. Époque Louis XV.

116 — Boîte ovale et longue, en vernis de Martin à sujets de chasse finement peints en couleurs. Elle est montée à cage et doublée en or. Époque Louis XVI.

117 — Petite boîte de forme carré long et plate, montée à cage et doublée en or. Elle est garnie de panneaux en nacre de perle, enrichis d'ornements en or repoussé et émaillé en couleurs appliqués et découpés à jour.

118 — Grande et belle boîte de forme carrée à angles arrondis, en ancienne porcelaine de Saxe, décorée de médaillons de personnages costumés à l'orientale, avec encadrements de fleurs se détachant en couleurs sur fond vert clair. Monture à gorge à charnière en or gravé et bec enrichi de diamants, de rubis et d'émeraudes. Époque Louis XV.

119 — Boîte ronde et haute en ancienne porcelaine de Saxe, décorée de figures dans le style de Watteau en camaïeu vert, et d'ornements rocaille et de fleurs en couleurs. Monture à charnière en or gravé. Époque Louis XV.

120 — Boîte ovale ouvrant à ressort, en fer finement ciselé à figures et rinceaux sur fond damasquiné d'or. Elle porte la signature de *L. Brund*. Époque Louis XIV.

121 — Boîte carrée montée à cage et doublée en or, garnie de

panneaux en vernis de Martin, à l'imitation des laques aventurinés, enrichis d'incrustations de nacre de perle sculptée en relief à figures et fleurs, et d'applications en or. Époque Louis XV.

122 — Petite boîte de forme carrée à angles rentrants en ancien laque du Japon, montée à cage et doublée en or. Époque Louis XVI.

123 — Boîte ovale en cristal de roche taillé à cuvette, montée à gorge à charnière en or gravé. Le couvercle est orné à l'extérieur d'une miniature sur ivoire représentant un personnage portant l'armure et le manteau d'hermine, et à l'intérieur d'une marine gouachée. Époque Louis XVI.

124 — Boîte à deux tabacs en cristal de roche taillé en forme de baril à pans; monture à gorges à charnières en or.

125 — Boîte de forme carré long, en cristal de roche, taille dite diamantée; monture à gorge à charnière en or émaillé à fleurons découpés à jour.

126 — Boîte de forme contournée en cristal de roche taillé à cuvette et gravée à canaux creux. Monture à gorge à charnière en or. Époque Louis XV.

127 — Petite boîte ovale en cristal de roche taillé à cuvette et gravé à ornements en relief. Monture à gorge à charnière en or, à ornements réservés sur fond d'émail noir.

Sculptures

128 — Bois. — Médaillon rond présentant en haut relief la tête de *Sebolt Maisenhamer*. Beau travail du XVIe siècle. Dans un cadre rond en bois sculpté.

Diam., 31 cent.

129 — Bois. — Deux médaillons ronds offrant en bas relief les bustes de Georges Thurnstein et de Remond Fugger.

Travail très f[illegible] du XVIe siècle.

Diam., 5 cent.

130 — Bois. — Deux médaillons analogues et de même dimension. Ils représentent les bustes de Charles-Quint et de Maximilien Ier.

Mêmes travail et époque.

131 — Bois. — Deux autres médaillons analogues. Ils représentent les bustes d'Antoine Fugger et de la femme de Jacob Fugger.

Mêmes travail et époque.

132 — Bois. — Deux autres médaillons analogues. — Bustes d'Anna, femme de Ferdinand Ier, et de Julie de Thurnstein.

Mêmes travail et époque.

133 — Bois. — Deux médaillons analogues à ceux qui précédent. — Bustes de Régine Eggenburger et d'Ursule Seltin.

134 — Bois. — Deux bustes de jeune homme et de jeune femme en ronde bosse. Travail allemand du XVIe siècle. Sur socles en bois noir.

Haut. totale, 29 cent.

135 — Bois. — Groupe de deux figures. — Jeune homme et jeune femme en riches costumes et se donnant la main. Sculpture de ronde bosse du XVIe siècle.

Haut., 20 cent.

136 — Bois. — Statuette de sainte femme debout tenant une custode. Travail très-fin du XVIe siècle.

Haut., 16 cent.

137 — Bois et ivoire. — Deux petits groupes finement sculptés. L'un d'eux représente un guerrier vêtu à la romaine dont les chairs sont exécutées en ivoire et monté sur un cheval se cabrant en bois. Son pendant représente une femme casquée tenant une lance, de même travail que le cavalier et montée aussi sur un cheval se cabrant. Ces groupes reposent sur des socles carrés à moulures, plaqués de feuilles d'argent et enrichis de figures d'esclaves enchaînés, de mufles de lions et d'attributs divers, en bois finement sculpté.

Ouvrage très-fin dans le style des œuvres de Dinglinger de Dresde.

Haut., 12 cent.

138 — Ivoire. — Très-grand et beau vidrecome dont le pourtour offre en haut relief un combat de cavaliers en costumes du temps de Louis XIV. Il est richement monté en argent doré repoussé à ornements, et le couvercle est surmonté d'une figurine d'enfant casqué tenant un écusson.

Beau travail du temps de Louis XIV.

Haut., 36 cent.

139 — Ivoire. — Autre vidrecome dont le pourtour sculpté en haut relief représente les quatre Saisons figurées par des femmes, des enfants et des vieillards tenant les emblèmes propres à chacune d'elles. Monture en argent doré repoussé à fleurs et fruits. Le couvercle est surmonté d'une figurine en ivoire représentant un enfant accroupi tenant une corne d'abondance.

Travail du XVIIe siècle.

Haut., 23 cent.

140 — Ivoire. — Piéta. Groupe de quatre figures représentant le Christ mort, descendu de la croix et entouré de saintes femmes. Sur socle à moulures et consoles en ivoire enrichi de guirlandes de fleurs.

Ouvrage du XVIIe siècle.

Haut., 37 cent.

141 — Ivoire. — Groupe de deux figures sculptées en ronde bosse; satyre et nymphe. Un cygne est placé auprès de cette dernière figure.

Travail du XVIIe siècle.

Haut., 27 cent.

142 — Ivoire. — Groupe de quatre figures. — Berger nu et debout, s'appuyant sur un bâton et sonnant de la trompe. A ses pieds se trouvent deux enfants nus combattant et un autre enfant assis. Socle à moulures en bois noir.

Haut., 38 cent.

143 — Ivoire. — Deux grands et beaux bas-reliefs de forme carré long ; l'un d'eux représente la Cène et l'autre la Résurrection de Lazare. Ces sujets se composent d'un grand nombre de figures.

Travail du XVIIe siècle.

Haut., 14 cent.; long., 34 cent.

144 — Ivoire. — Petit groupe de deux enfants nus et combattant, sculptés dans le style de François Flamand ; à leurs pieds se trouvent un chien et un chat. Socle en argent doré et émaillé enrichi de pierreries.

Haut., 10 cent.

Objets variés

145 — Coupe en faïence d'Urbino, en forme de coquille, enrichie d'un mascaron et de serpents exécutés en relief. Elle est décorée à l'intérieur de deux figures d'enfants se défendant contre un dragon. XVIe siècle.

Haut., 12 cent.; long., 17 cent.

146 — Email de Limoges. — Deux plaques ovales décorées en émaux de couleurs et sur paillons avec rehauts d'or. L'une représente Esther devant Assuérus, et l'autre Suzanne et les vieillards. Cette dernière porte le monogramme I. G.

Haut., 10 cent.; larg., 7 cent.

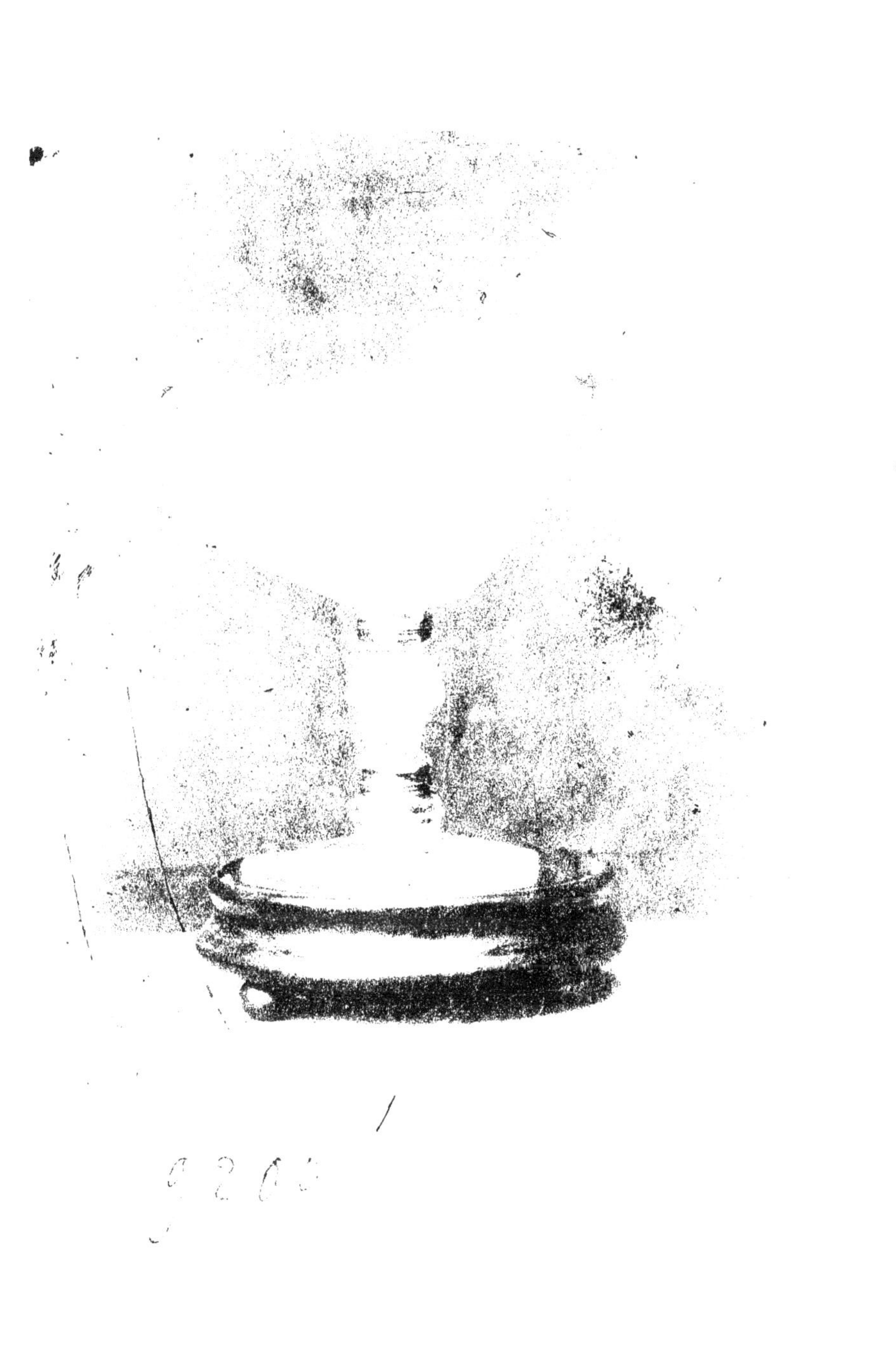

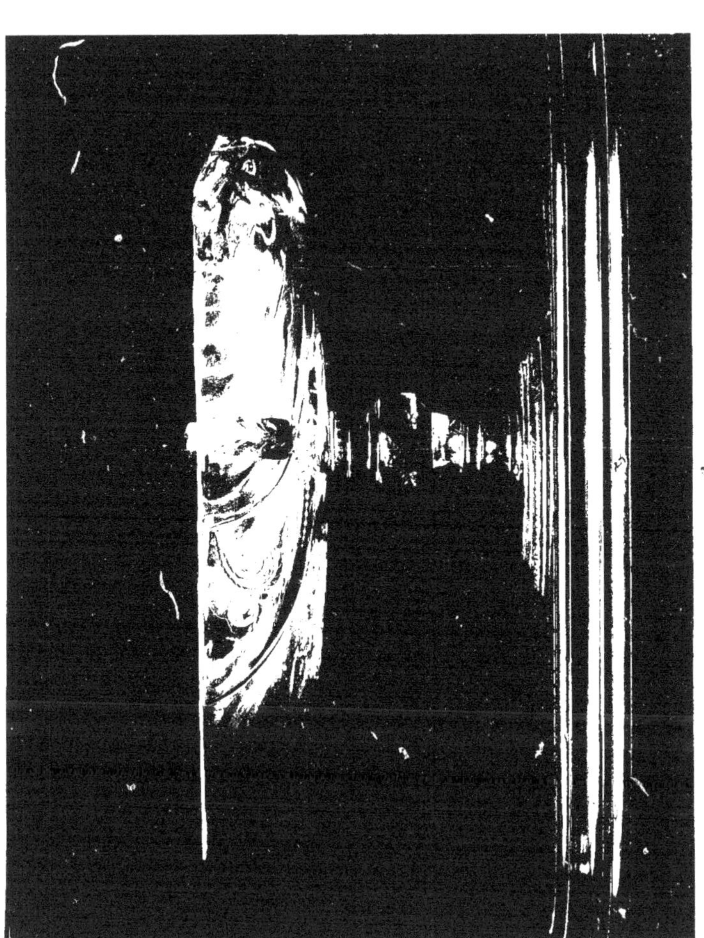

6.

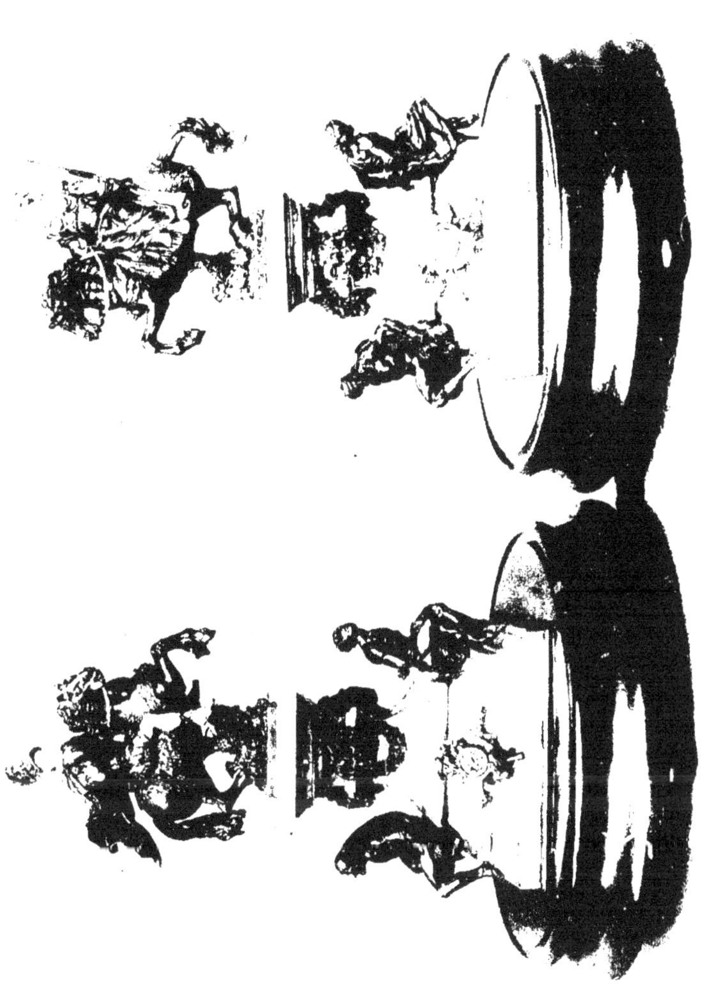

www.ingramcontent.com/pod-product-compliance
Ingram Content Group UK Ltd.
Pitfield, Milton Keynes, MK11 3LW, UK
UKHW022125170726
13837UKWH00003B/1359

9 782329 474731